JN418697

진진욱 제11시집

술 취한 달마

국립중앙도서관 출판시도서목록(CIP)

술 취한 달마 : 읽기 쉬운 불교시 108편 : 진진욱 제11시집 /지은이 : 진진욱. -- 서울 : 한누리미디어, 2015
p. ; cm

ISBN 978-89-7969-494-9 03810 : ₩10000

한국 현대시 [韓國現代詩]
불교시 [佛敎詩]

811.7-KDC5
895.715-DDC21 CIP2014037946

진진욱 제11시집

술 취한 달마

— 읽기 쉬운 불교시 108편

한누리미디어

차례 Contents

제 1 부 부처는 거울이다

제 2 부 해탈로 가는 길

제3부 천국과 극락은 없다

제 4 부 피안은 멀지 않다

차례 Contents

제 5 부 차안의 벼랑에서

제 6 부 관음보살상을 모신 까닭

제1부

부처는 거울이다

부처는 거울이다/ 나만이 아는 님
구도/ 무상 정등 정각/ 해탈 · 1/ 차이
空의 실체/ 의문/ 아상/ 정진/ 재회/ 저녁 예불
해수관음보살/ 기대/ 두터운 업/ 허망
소유욕/ 아귀들의 진수성찬

부처는 거울이다

마음에 티끌이 없으니 거울이라
어찌 각각의 모습을 못 보리
그 마음 관찰해 봄이다

천 억의 몸이 거울 하나면 족하니
중생들이여!
의심치 말지어다.

나만이 아는 님

저 한 점의 구름은 누구의
그림자이겠습니까

무시로 이는 바람소리는
누구의 말씀이겠습니까

한 송이 꽃의 웃음 또한
누구의 미소이겠습니까

나는 알고 있습니다
어디에 있는 어떤 님이신지.

구도(求道)

사발에 담긴 물을 다
마셨으면
사발은 내려놓아야 함이라

쥐고 있을 건
이 세상에도, 저 세상에도
그 어디에도 없는 법.

무상 정등 정각

고통의 수레에 말려들지 않고
법비(法雨)로서
감로(甘露)의 문이 열려
무명 세계를 타파하게 하소서.

해탈 · 1

연꽃 뿌리는 가부좌를 틀지 않는다.

연꽃은 자신이 누구라고 말하지 않는다.

차이

연꽃 위에 앉은 부처는
자비상이 얼비치고

잡초 위에 앉은 나는
번뇌상이 얼비친다.

空의 실체

空을 그대로 두면
번뇌의 온상이 되고 만다
空 속에 깨달음을 가득 채워
번뇌 망상이 헤집고 들어갈 수 없도록
벽돌처럼 단단히
아주 견고하게 하여 빈틈을 없애야 한다

나무 금강바라밀다심경.

의문

초침은 분침을 끌고 가고
분침은 시침을 끌고 가고
시침은 나를 끌고 간다
도대체 어디로 가는 걸까.

아상(我相)

'나' 라는 것이
존재(存在)하는 한
부처는
그 어디에도 없다.

정진(精進)

번뇌도 삭으면 똥이 된다
당신의 오장은 튼튼한가?

재회(再會)

내 비록 죽음을 눈앞에 두고도
두려워하지 않음은, 이미
저 세상에서 기다리는 님이 있음에
어찌 이 세상에 미련 있으랴

영리한 검은 사자여! 이왕이면 오늘
밤이라도 날아서 가자구나
잠시라도 지체하다 길이 엇갈리면
나 홀로 먹구름 되어 되돌아오리니.

저녁 예불

향촉이 너울너울
동자승 예불소리
노을을 물들이고

속옷 벗듯
벗어버린 번뇌
불심(佛心)이 무럭무럭.

해수관음보살

바닷가 절벽 위
한 손에 연꽃을 든 관세음보살이
연거푸 바다에 미소를 펼치니
용왕이 그것을 알아채고
모든 파도에게 훈령을 내려
보살님께 예를 올려라 했기에
그들이 쉬임없이 절을 하는지라
진리에 가까이 다가선 者의 눈에는
설명이 필요 없는 법.

기대

숲은 바다로 갈 수 없지만
바다는 숲으로 올 수 있다

과거는 현재로 올 수 없지만
현재는 과거로 갈 수 있다

그대여! 우리들은 영광이다
가고 옴이 마음대로 아닌가.

두터운 업(業)

쌓인 눈(번뇌) 다 녹고 나면
모든 것, 따라 녹을 줄 믿었거늘
눈 걷힌 바닥에
업장 두터이 그대로 쌓여있네.

허망

기대는
소리 없이 무너지는 탑이다
기대는
풀잎에 맺힌 이슬방울이다.

소유욕

삶은 죽음으로 가기 위한 시험장이다
탑은 쌓을 줄 모르고
재물과 명예만 축적하는 者들이여!
삭정이가 되어가는 생명들의 그림자를
함부로 밟지 말라.

아귀들의 진수성찬

구운 중생
삶은 중생
조림 중생
젓갈 중생
말린 중생
곰탕 중생
찐 중생
회 중생

이래서 지옥 주변에
아귀들이 득실거린다.

제 2 부

해탈로 가는 길

오동나무에 앉은 마군(魔軍)

고향 뻐꾸기 절간에 찾아와
요사채 옆 오동나무에 앉아
꾸벅꾸벅 졸려거든 고향으로 가자 하고
졸음 속
실낱같은 꿈에선
큰스님 나타나 주장자 내려친다

날아가던 새가
뒷걸음질 치는 걸 본 적 있나!
그저 텅텅 빈 하늘을 닮으려면
뒷발질조차 치지 말아야 되나니
수행자여!
뻐꾸기의 꾐에 말려들지 말라

이승이며, 저승
고향이 따로 있나
수행자의 고향은 깨달음 석 자이니
부처도 생각 말고
중생도 생각 말고
마음의 거울에서 천하를 꿰뚫어라.

삶과 죽음

삶은 가장 추한 것이며
죽음은 가장 청결한 것이다.

자성불(自成佛)

천 군데 호수에 천 개의 달이 보이지만
실체는 하나
만 군데 법당에 만 불(萬佛)이 보이는 건
자신의 마음 속에도 부처가 있다는 증거.

무아(無我)의 종자(種子)

캐낼 것도, 묻어둘 것도 없음이라.

선(禪)

경전을 밀쳐내고
돋보기를 벗는다
눈을 지긋이 감고
숨을 고른다

보인다
양 옆의 나뭇가지들
터널로 만들어진 길
어렴풋한 물체

선(禪)이 그림자를
앞세우고
내게로 온다
나도, 그림자도 없다.

노정(路程)

깨우침이란
험하고
긴 노정

누가 깨우쳤다고
함부로
말하랴.

해탈로 가는 길

번뇌 망상을 끊기란
손가락으로
풀잎에 맺힌 이슬방울을
집어 올리는 일

강을 건너야 함인데
나룻배는 없고
날은 어두워지나
불빛 하나 보이지 않도다.

해탈 · 2

절간을 버리고
경전을 버리고
목탁도 버리고
山 정상(頂上)에 올라가
염주 줄까지 끊어
산 아래로
뿌려대면
발바닥까지
경지의 안개가
사방으로 깔린다.

깨우침

번뇌에 물든 중생들은
날갯죽지 부러져
한 발짝도 못 움직이는데
목탁소리는 새가 되어
잘도 나는구나
청사자여!
날자꾸나
우리도 함께 저 새와 같이.

불도(佛道)

가위로 자를 수 없는 것이
빛이다
어둠이다
냄새다
소리며 세월이다
여래는 이런 것들을
잘라본 적 있을까
선지식들이여!
'흡' 한 번 해 보시오.

구도(求道)

사미승이 되려면
모래를 씹어 뻘을 만들어야 함이고
보살이 되려면
자갈을 씹어 모래를 만들어야 함이며
부처가 되려면
바위를 씹어 자갈을 만들어야 함이다.

공부(工夫)

하늘이
위에 있고

땅이
밑에 있는

알았다
간신히.

부처 찾기

부처 아닌 부처가
연화대 위에 앉아 있다

그대 부처는 눈이 멀어
보이질 않을 것이다

눈을 안으로 떠 보라
그대 부처가 보이나니.

바닷가에서

내가 떠나려 함은
만남이 있기에 떠나려 함이며

내가 만나려 함은
떠남이 있기에 만나려 함이다

몇 겁을 그토록 왕래할지는
저 파도에게 물어보라

가슴에 돌섬 하나
모래로 깎여 사라질 때까질까

티끌 하나 없는 바다에
나만이 있음도 아니고

또한 없음도 아닐지니
그 날이 몇 겁 후에 이루어질지.

산사(山寺)

구름이 지워내고
빗물이 씻어내고
바람이 잘 말린 산사

걸레를 쥔 공양주 보살
신도들이 떨어뜨리고 간
번뇌, 그 흔적을 지운다

서방정토에서 온
새들인가
목소리 청아키도 하여라

하늘에서 감로수 병으로
쏟아 붓는지
콸콸 흐르는 계곡물

천리향에 취해
졸음을 이기지 못한 노승
살아있는 와불 같아라.

바위산

눈도 귀도 입도 없는 바위산아!
눈썹만한 풀 한 포기 없으니
공양을 알겠냐
자비를 알겠냐
거친 피부와 굵은 주름살만
덕지덕지
네 나이 천 살이냐?
억 살이냐?
만물은 영원함이 없는 법
훗날 다시 와서 보면
네 또한 별수 없음을 알겠구나.

하산 길

산은 가파르고
정상은 멀어

가득 찬 망념
오르는 맘, 쇳덩이라

산도 그 산
길도 그 길

쇳덩이 놓고 오니
모든 것이 空함이네.

남은 者를 위하여

이 한 몸 놓고 가리니
허기진 식물의 거름이 되어라
목마른 者여, 목을 축여라
빈민들이여, 언 몸을 녹여라
폭염을 재우는 바람이 되어라.

제3부

천국과 극락은 없다

없다경(經)

부처는 장작을 쪼개고
관음은 아궁이에 불을

장작을 나르는 동자 왈
없다 없다 없다 없다…

탑(塔)

순간일지 영겁(永劫)일지
나 여기 서 있겠노라
죄업의 포박에서 풀려
십만 억 국토 밖으로 오를 때까지
나 여기 서 있겠노라
劫이 다하여, 나 비록
온몸 부서져 모래알이 된다 해도
나 여기 서 있겠노라
나의 몸통이 부서지길 원하는 者 있느냐
십만 억 국토 밖이 멀다만, 게으른 者여!
그래도 여기서 뒹굴겠느냐
나의 전신(全身)은 아깝지 않다
가시라, 가시라!
죄업(罪業) 벗어 내게 주고 억겁 넘어가시라!

불치병

속가(俗家)가 따로 있나
크게 보면 불가(佛家)와
한 테두리 안에 있음이니
가지 많은 나무에
바람도 잦음이라
달마조사여!
속가에도 가끔씩 머물다 가소서.

천국과 극락은 없다

죽어서 좋은 곳으로 가겠다는
욕심을 버리면
그보다 더 좋은 곳으로 가게 된다
하늘은 빈둥빈둥 놀면서
무슨 서러움이 그리 많은지
심심하면 눈물이나 흘리며
괭이 한 자루 들고 다니는 꼴
못 보았으며
호미 한 자루도 가지고 다니는 걸
못 보았으니
공짜 먹고 공짜로 노는 판국인데
그 곳에 무엇이 있단 말인고?
보리죽을 쒀 먹어도 지상이 천국이며
극락인 것이다
우리가 흘리는 땀은 구슬이요
살면서 없어서는 안 될 소금이니
지상이 어디가 어떻단 말인가.

보시(布施) · 1

식사를 끝낸 후
습관처럼 이빨을 쑤셔대는 者들이여
왜 생피를 흘려가며 고통을 겪는가!

온 세상에 걸려 있는 달마 그림에서
달마가 이빨 쑤시는 그림을 보았는가
왜 그를 사모하면서 그를 닮지 못하는가

그의 배가 금방이라도 터질 듯 보이지만
그 속에 과식의 건더기는 하나도 없고
모두에게 나눠줄 감로수뿐이란다

빨대 대신 그의 눈을 직시하면
주유소에서 차량에 기름을 넣듯
무한대의 소원을 얻을지라

그러기 이전에 배부른 者들이여!
헐벗고 굶주린 者들을 외면하지 말고
조금만 허리띠를 줄이면 세상은 불국토다

자신이 갖고 싶은 건 왼손에
모두에게 나눠줄 것들은 오른손에 들고
산복도로를 누비며 땀 뻘뻘 흘려보자.

보시(布施) · 2

겨울밤은 얼음장 위에 누워
깊은 잠에 빠져 들고, 가부좌한
부처님과 노승은 꼼짝을 않는다
짓궂은 촛불이
문틈 사이를 뚫고 들어온 바람에게
부처님과 노승 중 누가 먼저
상반신을 움직이는지 내기를 걸고
눈알이 빠지도록 응시하고 있다

매서운 엄동설한
노숙자들도 잠이 들었을 이 밤
껴입은 옷 한 벌 없이
맨몸으로 매달려 밤을 지새는
목어와 운판
아무리 춥다고 신음소리를 내어도
인기척 하나 없는 암자
해 뜰 때까지 잠들면 안 된다고
서로가 남은 온기를 나누며 보시는
받는 것이 아니라 주는 것이란다.

죽음이 두려우냐

지독한 병고에서 헤어나지 못하고
자신과 세상을 비관하는 者여!
그 무엇도 비관하지 말지어다

당신은 지금
마치 산모가 아기를 낳기 위해
진통과 맞대결을 하고 있음과 같음이라

당신의 고통은
고달픈 고통이 아닌 또 다른
당신을 낳기 위한 진통임을 기뻐하라

참고 견디면 머지않아
당신은 신생아로, 맑고 아름답고
향기로운 새 세상에 다시 태어나리라.

삶은 순간이다

호박씨 한 톨 모로 심을 땅 조각
하나 없는 세상이
세상인가

등 뒤 파스 한 장 붙여줄 이 없는
이 고약한 세상이
세상인가

이놈의 해야, 달아!
너희들은 무엇이 볼 게 많다고
이 험한 세상을 돌고 도느냐

남의 비위를 슬슬 간질거리며
새끼 꼬듯 꼬는
이놈의 세상, 요괴 같은 세상

한강에 왜 투신하지 않느냐고?
나에게 선약이 있거든
참고 기다리면 연화국(蓮花國)에 가거든.

다시는 만나지 말자

티눈 같은 번뇌와
종양 같은 망상이
뜨거운 촛농, 그리고 나의
두 줄기 눈물과 함께 타 내린다
너무 슬퍼 통곡 없는 이별
그 한가운데 서서
몸 둘 바를 모르는 향연(香煙)

마음 깊숙이 뿌리박고 있던 그들을
막상 떠나보내려 하니
첫사랑과 헤어지는 만큼
뼈마디마다 통증이 기(氣)를 쓴다
다시는 만나지 말자
나는 언제나 홀몸
마음마저 영원히 비워놓고 싶나니.

내 갈 곳은 단 한 곳

시계도 한 바퀴만 돌면 제 값은 한다
삶도 육십갑자 한 바퀴만 하면 족하다
아이가, 엄마가 사 둔 꼬까옷을
입기 위해 설날을 기다리듯
나도
아이의 그 마음으로 그 날을 기다린다
까치, 까치설날은 해마다 있고요
나의 나의 설날은 평생에 한 번
그날이 되어 새 세상 맞으면
내 영정 앞에 모인 일가친지들
한결같이 설움에 차 목이 쉬겠지만
나는 아니네, 나는 즐거우리
이 세상 어디에도 없는
말만 듣던 연화세계에 곧장 닿으리.

반납

내 부모 한밤중에
흙을 끌어다가 물을 부어
주무륵 주무륵
풍로를 돌려가며 불에 달구어
나를 만드셨으니

내게 내 것이라곤
하나도 없다 생각하니
무소유는 나에게 있어서
아무런 의미가 없다만
간직만은 잘 해두어야겠네

언젠가는 이 모든 것
부모께 고스란히 돌려줘야지
허나
부모 먼저 세상 떠난다면
누구에게 돌려주나

흙은 흙에게
물은 물에게
불은 불에게
바람은 바람에게
나 직접 돌려줄 시간이 있을는지.

두 개의 그림자

모두는
두 개의 그림자를 갖고 있다
하나는 빛만 없으면
자동적으로 지워지지만
또 다른 하나는 빛과 관계없이
항상 따라다닌다
죽음.

새벽과의 이별

물러설 듯, 물러서지 않는 밤
이 긴 밤에 수많은 꿈을 꾼다
그러나
살아있다는 생각이나
종국에 죽을 것이라는 건 안다
제대로 헤아리지도 못하면서
손꼽아 기다리는 새벽이 오면
때 묻은 나의 육신과 기억들
끈적끈적한 업(業)들이
타오르는 불길에 재로 변할 것이다
모든 것이 소멸될, 단 몇 분
새벽이여 안녕!
나는 일찌감치
전출신고서를 작성 중에 있다.

알쏭달쏭

산사(山寺)의 숲속에서 들려오는
귀에 익은 새 울음
절간에 생선이 있었던지
훔쳐 먹다 가시가 목에 걸려
쿠욱쿡 쿠욱쿡……
밤늦도록 그 울음에
온 산 나뭇잎이 파르르 떨고 있다.

신세

윤회 한 바퀴 돌아
사람으로 태어났더니
그 전, 한 바퀴 때
개 신세보다 못하구나.

십자수(十字繡)

박았다가 쑤욱 빼고
박았다가 쑤욱 빼고
지극 정성
그러길 몇 달

내 누이 산통 끝에
애기 부처 낳았으니
천상천하 유아독존
마야 부인, 내 누이.

범어사

바위들이 요소요소
가관을 이루고 있는
금정산(金井山)

병풍처럼 둘러싸인
금정산의 단전에
범어사 자리하여

바위도 맥박이
산도 맥박이
절도 맥박이 뛰는

무엇 하나 뒤지지 않는
삼위일체
안성맞춤

종소리 울리면
대나무, 소나무들
무슨 소원 비는 걸까.

해탈 · 3

마음 속에 해 뜨니
어둔 곳 어디 있으랴

날고 싶으면 날고
눕고 싶으면 눕고

학이여, 영원하라
내 우주 네게 주리니.

제4부

피안은 멀지 않다

상평통보(常平通寶)의 이해

세상 만물에는 구멍도 많지만
요즘처럼 돼지 저금통이 없던
조선 인조 때
구멍 뚫린 엽전이 나왔으니
내가 이해하기에는
휴대하기가 편리한 점도 있겠지만
피와 땀이 배이도록 벌은 돈을
근검절약
욕심 없이 끼워 모으다 보면
자신도 모르는 사이에
부(富)의 맛을 볼 수 있음은 물론
욕심 내지 않고
명예에 물들지 않고
성급하지 않음이니
그 지혜와 그 시대의 정신문화가
가의(加意) 알 만도 하다.

공(空)에 대하여

공한 것이 다 옳은 것만은 아니다
모조리 비우더라도
'나' 라는 존재까지 비우게 된다면
그것은 허수아비며 시체다
空한 가운데 깨침이 있다면
그것은 '나' 가 있기 때문이리라.

업(業) · 1

올 때는 빈손으로 오고
갈 때는 빈손으로 간다지만
글쎄 그게 아니네
태산(泰山) 같은 업을 지고 감을
어느 누가 알꼬.

우주 만물이란

신(神)들이시여!
그대들은 몽땅 허깨비니라

기도에 푹 빠진 者들이여!
그대들은 몽땅 허깨비니라

그 가슴 속에 든 뭇 소원도
시뻘건 허깨비며

시뻘건 색깔과 허깨비 또한
허깨비니라.

불성(佛性)

출가한 파리 한 마리
법당 안에서 어쩔 줄 몰라
빙 빙 돌아다닌다

어지럽게 돌면서 윙윙거리는 소리
입 한 번 벙긋하지 않는
불, 보살님들도 무정하지

성난 파리가
삼존불을 번갈아가며 툭툭 쳐 보지만
약속이나 한 것처럼 함구무언

약 바짝 오른 파리
본존불 콧등에 오줌 찔끔
색다른 향기에 본존불 싱긋 웃는다

귀담아 들으니
웃음 속에 소리가 들앉았다
"네놈은 본래 불성이 없는기라"

절망과 함께 법당을 빠져 나와
일주문 기둥에 머리 처박고
땅바닥으로 나뒹구는 똥파리의 운명.

어쩌지 못하는 번뇌

먼지털이가 있으면
묵은 번뇌를 털어낼 수 있으련만

수세미가 있다면
비눗물로 쓱쓱 지울 수 있으련만

불씨가 있다면
재가 될 때까지 태울 수 있으련만

날이 잘 선 칼이 있다면
단번에 싹둑 잘라 낼 수 있으련만

없네, 없네
네게는 아무 것도 없네.

이 뭐꼬

본 것이 없으니
아는 바가 없고

온 곳을 모르니
갈 곳 더욱 몰라

텅 빈 마음 그릇 하나가
나를 존치하네.

중생이 부처다

중생들이여!
참으로 딱하다
그대들이 모두 부처이나니
한눈팔지 말고
연꽃처럼 살아라.

깨달음

깨닫고 못 깨달음은 종이 한 장 차이
종이가 돌 문짝처럼 무거우면
중생의 자리를 떠날 수 없고
가벼이 열고 나서면 부처가 되리라.

참부처

눈가에 자비가 은은하게 흐르는
연좌대 위의 부처님

마음마저 뭉개져 향기조차 잃은
중생들의 맹인 놀음

어찌 자신의 심연을 돌보지 않고
남의 향기만 맡으려 하는가.

피안은 멀지 않다

대바람 이는 소리에
운판도
목어도 잠에서 깨어나

죽비 한 번 칠 때마다
번뇌 하나
망상 하나 녹아내리니

차안을 넘는가
점점 맑게 들리는
노승의 독경소리.

번뇌 망상의 필요성

쌓이고 쌓인 번뇌 망상이 썩어
질 좋은 밑거름이 될 것이니
나 죽어 필히 진여목(眞如木)이 되리라.

신(神)이 따로 없다

神을 믿는 者들이여
그대들은 위대하다
자신들이 神임을 알라.

부유물

마음 바다에
팔만사천이나 되는
쓸모없는 부유물들이
떠돌아다닌다

움직이면 움직일수록
시부렁 시부렁
시부렁거릴수록
뒤척이는 바다

바다는
태초부터 청정한 곳
잡것들 다
어디시 모여 들었는지

해와 달, 별들이
저마다의 모습을
들여다볼 수 없어
이리저리 몸부림친다.

돌섬

누가 뭐래도 섬은 말하지 않는다
말이 없으니 탈이 없는 걸까!
수 세월, 수 없는 파도들이 다가와
네 왜 여기 있느냐고 물어도
그는 언제나 묵묵부답이다
강풍과 해일이 회를 치려 해도
그는 손들지 않으며
수 백 종의 새들이 찾아와
인연을 맺자 해도 그 역시 묵묵부답
그의 가슴은 진작부터
세월이 빠져나갈 작은 동굴 하나만 남겨놓고
모두를 닫고 산다
내심 깊이 오만 가지 생각은 하되
세월 내달리듯 곧장 지우는 섬
그래서 늙지 않고 오래 사는 걸까
그래서 우리들에게 감탄케 하며
그래서 우리들에게 화두를 던지는 걸까
풀 한 포기도 인연 짓지 않는 속내!
반가부좌를 틀고
화두를 깨쳐 보겠다는 내 주위로
섬에서 쫓겨난 파도소리만 나를 귀찮게 한다.

님의 그네

님은 그넷줄
나는 님의 줄에 매달려
그네를 타네

무릎 사뿐 구부리면
연꽃 물결 출렁이고

무릎 곧추세우면
미소 가득 머금은
님의 모습 보이시네

얼마나 눈부신지
내 마음의 흑구슬
유리구슬로 바뀌어

이만하면
몇 겁(劫) 쯤은
번뇌 없이 살겠구나
망상 없이 살겠구나.

해질녘

뾰족한 교회지붕 꼭대기에 걸려
안절부절하던 구름이
산사(山寺)의 종소리에 풀려
제 갈 길로 가고 있다
저것들이 사라지면
별들이 마애불을 찾아, 너나없이
눈에 불을 켜리라.

붓과 먹물

붓을 든 者들이여!
붓을 꺾어라

세상은 이미
먹물로 뒤덮인 곳

먹물 위에 먹물이
무슨 역할을 하겠는가.

제5부

차안의 벼랑에서

술 취한 달마

다 그럴까마는 미꾸라지 몇 마리
구정물 일으킨다
저녁 공양 끝내고, 생각 곰곰
승복 벗고 사복으로 변장, 게다가
모자 푹 눌러 쓰면 승가 속가 따로 있남
골목골목 네온사인 빗발치는 아랫동네
술 들어가는 창자 따로 있다잖는가
보들보들한 계집애들 양쪽에 앉아
자기야!
자기야!
아랫배가 점점 부풀어 오른다
달마가 되는 건 참 즐겁고 쉬운 일
가운데를 살살 만져주는 그 맛에 금방
고주망태
비틀비틀 2차행
노래방 도우미들과 또 한 판 벌인다
염불하던 맑은 소리 어딜 가고
개 멱따는 소리 정말 귀청 떨어지려 한다
자정 너머 일주문 슬금슬금
동서남북 사천왕 인상 찌무룩한 채
낯선 달마에게 겉인사 올린다
가슴 뜨끔, 이것 참 후회되네!
시방삼세 제망찰해 상주일체 달마야중.

검은 삶도 삶이다

이제는 너무 무겁다
나에게 날개를 주려 하지 말고
검은 삶을 달라
그것이 내가 바라는 삶이니
아이들아!
효도를 하려면
검은 삶 속으로 들 때
손뼉이나 쳐라
나 깃털보다 가벼이
너희들 곁에서 즐겁게 지내마.

차안(此岸)의 벼랑에서

꼭 가야만 되는 길을 가다가
절벽을 만났다
꿈이 아닌 생시에

하늘에는 연꽃이 피어 있고
연꽃 위, 위없는 님 앉아서
사방을 내려다보고 계셨다

마음 추슬러
두 손 고이 모아
그에게 위급함을 알렸다

꿈이 아닌 생시
이쪽 절벽과 저쪽 절벽 사이
순식간에 다리 하나 놓였다

길고 긴 다리
출렁출렁 흔들리는 다리
한눈팔면 추락하는 다리

태양보다 고마우며
생사(生死)를 초월하신
아! 님의 넉넉한 자비시여.

탄생에서 죽음까지

좁은 구멍에서 나와

넓은 구멍 속에서 파닥거리다가

더 넓은 구멍으로 빨려든다.

목숨이란

칼을 든 겨울과
불을 든 여름 사이의
잠시 잠깐 스쳐가는
봄이나 가을과 같다.

뒤늦게 펼쳐본 두루마리

내 마음의 하얀 두루마리 종이에
나도 모르는 사이
찍혀 있는 발자국이 너무 많았습니다.
재물욕
명예욕
식욕
수면욕
색욕
어느 날 우연히 두루마리를 펼쳐놓고
아연실색
그 많은 발자국을 지울 길 없는 내게
문득 나타난 금빛 찬란한 님!
그러나 너무 깊은 자국들이
모질게 고개 쳐들고 비웃고 있습니다
님은 은은한 미소로 채찍질을 합니다
참회하며 중단하지 말고 지워 가라고.

삶은 한 차례의 잠이다

아귀로 살다 보면
전생의 나를 모른 채
원래부터 아귀인 줄 알고 있다

아수라로 살다 보면
전생의 나를 모른 채
원래부터 아수라인 줄 알고 있다

축생으로 살다 보면
전생의 나를 모른 채
원래부터 축생인 줄 알고 있다

지옥에서 살다 보면
전생의 나를 모른 채
원래부터 지옥중생인 줄 알고 있다

인간으로 살다 보면
전생의 나를 모른 채
원래부터 인간인 줄 알고 있다

극락에서 살다 보면
천만 번 자고 천만 번 깨어나도
전생과 미래세를 훤히 읽을 줄 안다.

지구에 왔다가

돌다가, 돌다가
지구라는 곳에 들렀다
갯지렁이도 착하게 보이고
호박꽃도 아름답건만
사람!
사람들이 제일 추하게
느껴진다

돌다가, 돌다가
참 희한한 것도 많더라만
하필이면 사람이랴
분노하고 탐내며
제 것밖에 모르는 사람들
산도 부스럼이 나고
물에도 고름이 섞인 지구

돋보기가 망가졌으니
저 속물들의 속을 일일이
알 길 없고
구름이 태양을 가렸으니
겉모습마저 불투명해
눈 다시 닦아
강, 어서 건너고 싶어라.

태양이 두려운가

죽은 者들은 산과 들에 잠들고 있는데
영혼은 하늘에 있다고들 하니
세상 이치가 맞지 않다
구태여 몸과 혼이 떨어져 있을 필요가 있는가
납골당이나 무덤에서 붙어 살 일이지
구석구석을 하루 종일 뒤지고 있는 태양이 무서워
몰래 어둔 곳에 숨어 있단 말인가
한 겹, 살 껍데기만 벗기면 피고름 난무한 우리들을
태양이 즐겨 삼킬 리 없다
태양은 보기보다 어리석다
두려워 말고 영혼들이여, 제 자리로 돌아오라
내 아우들이여
내 누이들이여
만날 것을 생각하니 한껏 흥분되는구나
태양이 그렇게 무서우면 밤에만 무덤 곁에 오렴
아니야, 하늘에는 아무런 神도 없다.

살아있는 죽음

시원찮게 살다가 나 이제
후련한 곳으로 가나이니
아무도 나를
죽었다고 기억하지 말라
나에게는 대단한 기쁨인데
남은 者들에게
슬픔을 안겨주어 되겠는가
박수와 함께 노래를 불러라
오늘같이 기쁜 날
또 언제 오리
목청 높여 불러라
즐거운 노래를
깃털 하나 없어도
멀리 날 수 있는 희한(稀罕)
들려줄 수 없어 안타까워라
보여줄 수 없어 안타까워라.

무상(無常)

낮도 생겨 늙어지면
스스로 없어지고

밤도 생겨 늙어지면
스스로 지고 마나니

난들 무슨 수로
영생불멸 남으리까

까마귀 까악까악
아니 떠나고 못 배기리.

삼복(三伏)

나뭇가지에 붙어
울어대는 매미의 속내는
내 알 길 없지만

개틀 속에서 헐떡이는
개들의 속내는
내 당장 알겠네

하늘도 알고
땅도 알고
가마솥도 알 것이네

빈 주머니 속, 먼지 털듯
'육신은 먼지라'
암말 말고 목을 내줘라

살아생전 누구 하나
물어뜯지 않았다면
사람으로 곧장 환생하리니.

가을바람

청량한 가을바람은
포도나무에서 일어나고
사과나무에서 일어나고
배나무에서도 일어나고
논 가운데 우뚝 선
허수아비 춤사위에서 일어난다

그 땡초 같은 뙤약볕을 몰아낸
가을바람이여!
온갖 부정과 부패
패륜과 음모술수뿐인 우리들은
왜, 똑같은 자연이면서
땡초 같은 짓만 하고 있는가

마음의 흉기를 버려야 한다
탐내고
성내고
어리석음을 버리고
우리는 가을바람이 되어야 한다
관세음보살의 미소가 되어야 한다.

가을 산사(山寺)

별빛으로 온몸 헹구니
모래성 같은 번뇌가
일순에 와르르 무너져 내린다

깊은 가을밤
귀뚜리 조심스레 울고
오동잎 떨어져 발등에 앉네

풍경은 자다 깨고, 자다 깨고
범종은 수 시간째
피안을 베개 삼아 잠든 밤

산사 주변은 풍요로운데
저 아래 산동네
여윈 불빛들만 잠을 설치네.

연꽃 밭에서

연꽃 밭에 가면
흐드러진 것이 연꽃

법당 안에 가면
즐비한 것이 부처

연꽃 진 연좌대엔
누가 앉을 것인가.

소풍

꽃신보다 더 고운
엄마 손 꼭 잡고
봄 소풍 가던 날
어렴풋 생각나네

수의(壽衣) 곱게 차려 입은
엄마 곁에 누워서
나도 함께 머나먼 길
떠나고 싶어라

연꽃이 만발한
화전(花田) 세계 찾아서
내 어머니 모시고
영원토록 살고 싶어라.

비천상(飛天像)

흰 구름 한 점 묘하게 노니니
그대, 악기를 다루며 춤추며 노래하며
하늘에만 사는 비천상이라

그대, 악기소리며 노랫소리
숲에서도 들리고 벌판에서도 들리고

그대, 묘한 향기, 과실나무에서 넘치고
꽃밭에서도 출렁이고

오오라!
그대, 내 전생의 동반자가 틀림없나니.

피붙이들에게

사시사철
푸른 나무로
살아야 한다

사시사철
삭정이 없는
나무가 돼야 한다

나는 지금 나무
그러나 다시
잎 피우지 못할 삭정이

아들들아!
손녀야!
모두에게 희망을 주는

사시사철
푸른 나무로
살거라

꼭, 삭정이 없는
푸른 나무로
살거라.

제6부

관음보살상을 모신 까닭

종교가 미치면 세상도 따라 미친다

산속에 초강력 자석 몇 개 갖다 놓고
자석 주인
입방아 연신 세속을 향해 뀌어대면
지폐 수표 할 것 없이
엄청나게 엉켜 붙는다.
장거리, 단거리, 물 건너 어디서든
한 번 빨려들기 시작하면 어느새
대형 입불상 하늘을 찌르고, 어느새 아방궁
하나 요사스레 들어선다
승복만 입으면 보증수표일까
도심에도 비슷한 자들 더러 있어
한 주일에 한 번쯤 이웃 노인들 모셔다가
국수 대접을 하더라만
그것도 비하를 하자면
곶감 삼키고 감씨 뱉어내는 격
그렇다고 다들 그런 건 아니라요
간혹 그런 데가 있다는 거라요
보라요, 보라요! 저기 저 줄지어 버스 속으로
빨려 들어가는 거 좀 보라요!
저 사람들 지금 정신병원에서 탈출한 거라요.

업(業) · 2

빗줄기마다 땅바닥을 탁 탁 치는 걸 보면
그들의 전생을 알 수 있다
쌓였던 눈(雪)이 자취를 감춘 것을 보면
그들의 전생을 알 수 있다
원망하지 않아도 될 걸
내가 살아 보니 그렇더라
알 것 같더라
뒤늦게 혼자서는 깨우치기 힘들어
책갈피 몇 장
절 몇 번 하고 나니 조금은 알 것 같아
남은 세월, 비와 눈을 닮지 않으려 지상을
조심스레 밟으며
벌레 한 마리, 풀 한 포기도 조심을 하지만
이미 지은 업이 어딜 가겠나
이대로 허물어지면
무엇이 되어 어디로 갈지 눈에 선하구나.

깨침이란

벌과 나비와 잠자리와
날개 있는 모든 것들이
마음대로 날 수 있는 것은
神과 동족간의 속박에서
구속되지 않음이니
자유자재로 날 수 있음이라
나는 이것 저것도 아닌
어정쩡한 중생임에
진한 그 맛을 느낄 수 없네.

삶의 애환

낙엽이 떨어진다
바람이 스칠 때마다
몸부림치지 않고
죽음을 기다렸다는 듯
사뿐히 지상에 내린다

멀리서 보아
그렇게 곱게 보였던가
떨어진 주검을 살펴보니
주검마다 애환의 흔적이
못자국처럼 흉하다

세상에, 아름답게 살다가
주검까지 아름답게 보이고
가는 것은
아무 것도 없나 보다
바다에 내린 노을도 흉터가 있는 법
내 주검도 다를 바 없으리.

운명 구하기

나의 운명은 열두 달이 한 묶음이다
일 년치 운명이 끝나고
다시 살고 싶으면
미리 동냥을 해 놓아야 한다
새마을금고
사찰
이삿짐센터
금년 운명도 마지막 달이다
늦기 전에 서둘러야 할 것 같다.

운명은 세월의 소행이 아니다

열두 개의 이빨을 가진 하늘은
허공을 노니는 중생
땅 위를 노니는 중생
수중을 노니는 중생을 가지고 논다

하늘에 영혼들이 산다 하고
온갖 神들이 있음을 믿는 중생들
그들에게 매달리는 자, 참 어리석다
식충에게 삶을 맡기다니

그의 입과 배가 끝이 없이 큰 만큼
우주에 차려진 밥상을 보아라
그것도 모자라서 별까지 집어삼킨다
자잘한 별들은 먹다 남은 부스러기들

열두 개의 이빨 중 최후의 이빨 하나가
남을 때까지
입을 놀리지 않아야 안달이 풀리는
그 앞에서는 세월도 맥을 못 춘다
남은 이빨이 다하면 또 다시 열두 개가.

바람

죽었다가 되살아나는
갔다가 되돌아오는

치마
돈
오입
더운
시원한
칼

오늘도 대책 없이
뭇사람을 가지고 노는
너는 왜 몸뚱이가 없느냐.

멀쩡한 수술

주검에서 빠져 나온 건 겨우 영혼뿐이다
못 생기면 어디가 아프기라도 하단 말인가
남들에게 잘난 척 보이려고
젖가슴
코
턱
이쁜이 수술까지 하고 다니더니
생살 뜯어 고친 죄가 얼마나 큰 죄인지
죽어봐야 안다
왜냐고?
염라대왕 돋보기는 특수 제작된 것이라서
주검은 안 보이지만 영혼 몰래 따라온
생각이란 놈 때문에 다 들키기 때문이지
최초에 그놈이 꾀를 부렸으니까
4시 4분 지옥행 열차 4번 자리에 앉아
뜯어 고친 죗값을 치르러 가야지 별수 있나.

죄가 되지 않는 사음(邪淫)

젊었을 적부터 사방에서 여인들이
나를 잘 따랐다
그때마다 빠뜨리지 않고 다 해줬다
강제로 한 적은 단 한 번도 없었으니
중생을 구제한 것이 아닌가
자비를 베푼 것이 아닌가
목마른 者에게 물을 주었으니 말이다
나이 오십 전에 수십 명에게
선심 쓰길 잘 했지!
허기야
육십 넘은 지금도 별 무리는 없겠으나
젊을 때 생각하면 꿈이지, 꿈!
그때는 홍콩이 내 핏줄기를 따라 둥둥
떠다녔으니까
그 여인들
지금쯤 어디서 꽃잎 접어가고 있을지!
가슴 속 꽃씨 하나 아직도 남아 있을까.

神에 대한 의구심

중생은 죽어
생전의 선업과 악업에 따라
육도(六道) 중 제각기 지은 대로
배치 받는다 하였거늘
콩 심은 데 콩 나고
팥 심은 데 팥 나는 것과 다른 바
계절 또한 네 가지가 있어
제 몫을 잘 했든 잘 못했든
절기에 어긋남 없이 그대로
때가 되면 돌아오는지라
깨달음에 도달한 선지식인들이시여!
그대들이 육도윤회를 확인했느뇨.

의지처(依支處)

삼라만상에는
갠지스江의 낱모래 숫자만큼
헤아릴 수 없는 세포들이 살고 있거늘

그 세포 하나, 하나
생명이 있어
내 몸 전체에 제각각 살아가고 있거늘

석가, 예수, 천신, 산신, 해신, 그들이
무슨 신통력이 남아돌아
빈다고 빠짐없이 거두어 주겠는가!

깊은 산골짜기에 들어가 고함을 친들
나뭇잎 한 장 동요하지 않듯…
밖으로 의지 말고 마음 안에 기댈지어다.

나눔

사대육신이 다 자기 것만은 아닐지니
발뒤꿈치를 세워, 담 넘어 가끔씩
유심히 관찰할지어다

오장육부 또한 자기 것만은 아닐지니
대문 두드리는 소리 들리는지
귀 기울여 볼지어다

남의 손발이 필요한 者 더러 있나니
굶주린 자 더러 있나니
내다볼지어다. 귀담아 들을지어다

공유(共有)의
지(地) 수(水) 화(火) 풍(風)
나 너, 누구의 것도 아님이 당연함에.

절(拜)

세 번, 절을 하면 마음이 숙연해지고
백팔 번, 절을 하면 번뇌 망상의 진액이 흐른다
천팔십 번, 절을 하면 죄업의 진액이 타 내리고
일생(一生)에 고개 빳빳이 들고 다니며
'내가 누군데' 하던 쓸모없는 뼈다귀
와르르 무너져 천 리, 만 리 달아난다
만 팔백 번, 절을 하면 나도 없고 너도 없으니
부처도 보살도 깨침도 없으며
천상천하 유아독존, 그마저 사라지고 안 보인다.

이승살이와 저승살이

태어나서 80년을 산다 한들
갓 태어나 대학 졸업까지 22년을 빼고 나면
남는 햇수는 58년
실직 5년에 고령 10년을 다시 빼고 나면
마음껏 활개치고 다닌다 해도 불과 43년
게다가 잠에 취해 까먹는 세월이 15년 치고
겨우 28년이 알짜배기 인생살인데
행여, 잦은 병치레라도 치른다면 과연
사람으로 태어나 사람 구실하는 횟수
몇 해나 되겠는가!
짧다면 짧고 길게 보면 길어 보일 수 있다만
인간 한평생을 기준하여 나이를 비교하자면
극락이나 지옥이나 무려 4억3천2백만 년이나
된다 하니, 이 일을 어이하나
이타심(利他心) 없이 살아가는 중생들이여!
꼭 그래서가 아니라도 마음부터 고쳐야 함일세.

의심쩍은 딱따구리

시대가 바뀌어
풍월은 옛말이고
식당개 삼년이면
라면도 끓인다더니
곰곰 생각하면
우스꽝스럽긴 하지만
절간 담장 곁
고목에 앉아
반 쪽 나 버린
목탁을 주워 치는 건지
딱따구리 홀로
염불 없이
딱 딱 딱 딱, 딱 딱 딱
간사한 것이 사람의 마음
법당 안에서 발 옮기듯
조심스레 그 곁을 지나
귓전에 들릴 때까지
숙연해지는 이내 마음
깨우침에 미련 남아
환생한 전생의 승려인가!

세상사

악천후 속에 뒤척이는 화물선
배는 서서히 기울고
바다로 뛰어드는 선원들

난리가 났는데도
기암 위에 서있는 관세음보살
멍청하게 바라만 보고 있다

바다에 산다는 용왕도 그렇고
하늘에 산다는 하나님도
위로 보고 아래로 보면서 왜?

스님은 절 무너질까 안절부절
공양주 보살
밥솥에 법 타질까 조마조마

가피력도 이타심도 허깨비다
파도와 사투 끝에
여기저기서 떠오르는 시신들

어리석은 유가족
멋모르고 절에 가서 사십구재
이래 당하고 저래 당하는, 홍.

경험담

세상살이 어려워
옴 마니 반메 훔
일념 독송했더이다

꿈자리가 사나워
옴 바아라 아니바라 닙다야 사바하
잠자기 전 일념 독송했더이다

아니더라
아니더라
원효대사 그립더라

일체 유심조
일체 유심조
아무 생각 없이 독송했더이다

마음 길
이리도 잘 풀리는 걸
일체 유심조, 일체 유심조, 일체…

관음보살상을 모신 까닭

지극 정성, 조석으로 기도를 하는 이유는
날이 갈수록 간절함이 더하기 때문입니다
하필이면 왜 관음보살상을 모셨냐고
묻는다면
1973년 봄
내게 사랑을 고백하다 거절당한 여인
그 잊지 못할 여인의 모습이
관음보살상을 빼어 닮았기 때문입니다
뒤늦게 후회하게 된 것은 그 때 이후로
그 여인의 삶이 온전치 못하다는 소문에
받아들이지 못한 죄책감이 너무 무거워
그리고 너무 보고 싶어 선택한 길이외다
얼마나 한(恨)이 맺혔으면 꿈에서라도 얼굴
한 번 보자며 빌고 빌기를 때늦게 20년
손바닥만한 관음보살상이지만, 내게는
그 여인의 살아있는 모습이기에 더 이상
상처주지 않으려 조석으로 마주합니다
청춘 남녀들이여!
사랑한다 말하거든 그를 울게 하지 마소서
평생을 두고 서로 떨어져 울어야 할
그리고 영원히 찾을 수 없다는 사실까지를.

선시(禪詩)의 세계(世界)

— 진진욱 詩人 11번째 詩集《술 취한 달마》를 중심으로

鄭 光 修
(詩人, 文學評論家, 海東文學 主幹)

(1)

진진욱 시인(詩人)의 11번째 시집을 읽으면 새로운 선시(禪詩)의 맥(脈)을 알게 한다.

마음에 티끌이 없으니 거울이라
어찌 각각의 모습을 못 보리
그 마음 관찰해 봄이다

천 억의 몸이 거울 하나면 족하니
중생들이여!
의심치 말지어다.

– 〈부처는 거울이다〉 전문

저 한 점의 구름은 누구의
그림자이겠습니까

무시로 이는 바람소리는
누구의 말씀이겠습니까

한 송이 꽃의 웃음 또한
누구의 미소이겠습니까

나는 알고 있습니다
어디에 있는 어떤 님이신지.

– 〈나만이 아는 님〉 전문

사발에 담긴 물을 다
마셨으면
사발은 내려놓아야 함이라

쥐고 있을 건
이 세상에도, 저 세상에도
그 어디에도 없는 법.

– 〈구도〉 전문

고통의 수레에 말려들지 않고
법비(法雨)로서
감로(甘露)의 문이 열려
무명 세계를 타파하게 하소서.

– 〈무상 정등 정각〉 전문

연꽃 뿌리는 가부좌를 틀지 않는다.

연꽃은 자신이 누구라고 말하지 않는다.

– 〈해탈 · 1〉 전문

위 시 〈부처는 거울이다〉, 〈구도〉, 〈나만이 아는 님〉, 〈무상정등 정각〉, 〈해탈 · 1〉을 읽고 보면 우리가 들어보던 고래의 선시(禪詩)의 가락을 넘어선 듯 서늘하고 섬뜩하다. 과거의 선시의 격을 넘어선 듯 언어의 조련미가 넘쳐난다.

선(禪)의 세계는 이론적으로 설명하기 이전에 이미 '擧目已分明已 現前하다' 고 했다. (함허당 得通語錄)

그 말은 스스로 現前해 있는 본지 풍광으로서 우리가 그 속에 속해 살고 있는 현실적 세계이기 때문에 그것은 우리에게 다시 없이 지극히 가까운 곳이요, 그 이론으로서는 미치지 못할 곳이요, 그곳은 우리에게 다시 없이 복잡한 곳이요, 우리에게 다시 없이 唯一 現前한 속에서 現前하기 때문에 지극히 단순하기 때문인 것이다.

또한 진각국사의 이른바 看看莊象與 森羅只此 一身常 獨露의 유일한 現前性이요, M. 하이데거의 Dab seien desint의 불가사의하게도 단순한 것이다.

이것을 存在 現前 그 자신은 '개별적인' 것으로 설명하려는 여하간 기도에도 들어서지 않는다.

만일 인간의 조작이나 신의 영험을 빌어 그것에 접근을 하기도 할 때에는 이 불가사의한 것의 단순성이 부스러지기도 한다. 그래서 앞의 진각국사는 이것을 '小瞥起一念擬思量 白雲千里 何零亂' 이라 했음이다.

석가세존이 영산회상에서 한 잎의 꽃을 만지작거리자 마하가섭이 그 뜻을 따라 빙그레 웃은 것은 원래 教外別傳의 不立文字 以心傳心의 禪門의 본뜻이 된 것이다.

손가락으로 달을 가리킬 때 우선 달을 보아야 하지만 달을 보고 나서 그 손가락이 무슨 소용이 있으랴.

대부분 사람들은 자기가 쳐놓은 지식의 울타리 속에 갇혀 산다.

울타리 밖에 갇혀 살면 세상을 알지도 못하고 또 알려고도 하지 않는다. 불교의 禪은 小我의 울타리를 열어주고 大我의 세계로 열어준다.

우주의 질서가 하나가 되는 무애자재한 해탈의 세계를 열어주는 참다운 질서의 문을 열어주는 선사가 진진욱 시인이다.

위 5편의 禪詩는 한 마디 한 마디에 우주를 탄생시키는 약동하는 생명줄인 셈이다.

萬生을 한꺼번에 부숴버리는 마른 하늘의 번개 같은 칼날이 번득이고 돌부처는 웃음 짓는 천진무구한 몸짓을 보여준다.

(2)

禪은 원어 Dhyyāna(범어, 산스크리트어 원어 音譯인 禪那)의 준말인 思惟修, 정려로 번역했다.

바른 이치를 생각하고 닦음으로써 잡념, 망상을 버리는 것, 또는 고요한 정지에 들어가 진리를 생각한다.

즉 止觀의 定慧를 나누어 만나기도 하는데 止 또는 定은 망상 번뇌를 그치는 정신통일을 觀, 慧는 바른 이치를 보는 밝은 지혜를 이루는 것을 가리킨다.

그런데 중국 禪은 마음의 불성을 깨치고 그것에 의해 성불

하는 이른바 견성성불을 가르쳤고, 그 뒤에는 話頭(깨달음의 관건이 되는 문제)를 가지고 참구하는 看話禪을 중심으로 이른바 祖師禪이 중심을 가지고 행해졌다.

서산대사(1520~1604)는 지계(持戒)를 강조했고 教學의 중요성을 강조했으며 현재의 조계종, 태고종의 법맥의 계승이며 일본의 임제종에 서산의 법맥이 이어져 중흥한 것이다.

禪이란 말은 동양문화의 진수로 전해져 내려오면서 佛典要諦가 총 집약된 사상이다.

선은 인도제이긴 하지만 중국인의 손으로 발전시킨 祖師禪을 主指로 할 것이다.

중국은 天台 止觀, 화엄 법계 관문 등으로 教家의 실천문을 대표한다.

앞에서 말한 중국적인 선관은 不立文字 教外別傳으로 佛性을 계발 直指人心 見成成佛 主旨로 선가구감도 그러하다.

달마대사는 부처님 돌아가신 지 800년 후에 태어나 直指人心 見性成佛을 외쳤다.

그런데 詩에서는《술 취한 達磨》이다.

불교에서는 頑空 落空 단멸(斷滅)이니 말한다.

현상계의 有的 존재의 본체는 될 수 없다.

한 물건 즉 佛性으로 우주의 本體도 마음을 有意의 因果法과 無爲의 절대법상으로 具足한다.

상대계의 有爲法은 有라 하고 그것을 초월한 無爲法은 空이라 하며 空한 도리 가운데 有를 실현하는 것을 妙有라고 말할 때 이 마음 자리를 그 〈묘유〉에 해답한다. 그러므로 참다운 자성의 시현을 〈眞空妙有〉라 함이니《술 취한 달마》이다.

그래서 불교는 有에도 無에도 치우치지 않는 中道說이 있

다.

一心法에는 두 가지가 있는데 心眞如門(本體)과 心生滅門(因果의 차별法)이 그것이다.

眞如 자체는 본래 생멸이 없지만 세간법 출세간법과 온갖 법을 다 껴안아 지고 있어서 생멸법이 현상계 그 자체도 생멸법 그대로 말로 할 수 없고 이름도 없으니 그래도 一心일 따름이다.

원래 大乘起信論에 마음과 부처와 중생이 구별이 없다고 하였으니 부처는 거울이다.

"마음에 티끌이 없으니 거울이라/ 어찌 각각의 모습을 못 보리"(〈부처는 거울이다〉에서)라 하였다.

空을 그대로 두면
번뇌의 온상이 되고 만다
空 속에 깨달음을 가득 채워
번뇌 망상이 헤집고 들어갈 수 없도록
벽돌처럼 단단히
아주 견고하게 하여 빈틈을 없애야 한다

나무 금강바라밀다심경.

– 〈空의 실체〉 전문

초침은 분침을 끌고 가고
분침은 시침을 끌고 가고
시침은 나를 끌고 간다

도대체 어디로 가는 걸까.

– 〈의문〉 전문

'나' 라는 것이
존재(存在)하는 한
부처는
그 어디에도 없다.

– 〈아상〉 전문

번뇌도 삭으면 똥이 된다
당신의 오장은 튼튼한가?

– 〈정진〉 전문

心生滅門 가운데는 본래의 깨달음과(本覺) 깨닫지 못함(不覺)의 두 가지가 있어서 本覺은 진여 본체인 如來의 法身으로 중생의 마음자리에 그대로 있으나 중생은 스스로 그것을 깨닫지 못하는 不覺의 투명성 때문에 生死의 인과법에 윤회할 뿐 아니라는 것이다.

마치 금덩어리가 땅속에 감추어져 있지만 어리석은 사람들은 그것을 금인 줄 모르는 것과 같은 이치다.

《法華經》에 '佛性', '마음', '중생' 이 있는데 이것은 여러 가지 마음자리를 표현한다.

때로는 '보리(菩提)', '열반(涅槃)', '적멸(寂滅)', '반야(般若)', '도(道)' 등으로 붙여놓고 있는 것은 마음의 본성을 그대로 드러낼 수 있었기 때문이다.

이 말은 '중생' 이라고 하는 것인데 '중생성' 그 안에 '열반' 이 있고 '六道 生命' 이 함께 있는 까닭이다. 《화엄경(華嚴經)》에도 마음과 같이 부처도 그러하고 중생도 그렇다.

마음과 부처와 중생 그 셋은 차별이 없다고 한다. '여심불역이(汝心佛亦爾), 여불중생연(如佛衆生然), 심불급중생(心不及衆生), 시삼무차별(是三無差別)' 했음이 그러하다.

《傳心法要》에서도 방편으로 道의 이름을 세운 것으로 말했고 〈종경록〉에서도 마음을 일으키고 생각을 내면 法體에 어긋나리니 바른 생각을 잃게 된다고 했다. "생심동념(生心動念) 즉수법체(卽垂法體) 실정념고(實正念故)."

중국 선종의 제4조인 道信(580~651)은 인도 禪을 중국 선으로 창출해낸 사람으로 하루는 길거리에서 7세쯤 되는 어린 아이를 만났는데 성(姓)이 무엇인가 물으니 '佛性은 空하기 때문에' 라고 말한다.

그 일곱 살 난 아이가 20년 후에 제5조 弘忍대사(602~675)였다.

번뇌 망상을 끊기란
손가락으로
풀잎에 맺힌 이슬방울을
집어 올리는 일

강을 건너야 함인데
나룻배는 없고
날은 어두워지나

불빛 하나 보이지 않도다.

– 〈해탈로 가는 길〉 전문

번뇌에 물든 중생들은
날갯죽지 부러져
한 발짝도 못 움직이는데
목탁소리는 새가 되어
잘도 나는구나
청사자여!
날자꾸나
우리도 함께 저 새와 같이.

– 〈깨우침〉 전문

위에서 말했듯이 진진욱 시인의 11번째 시집을 곰곰이 읽어보면 詩禪一如의 경지에 다다른 느낌이다.

그 말은 禪은 인간과 우주의 실체를 아는 유일한 방법이고 이러한 실체를 깨달을수록 삶과 죽음을 초월하게 되고 우주의 원리를 체득하게 되어 자유자재로 행동할 수 있도록 신통의 경지에 닿도록 하는 방법이 있는데 이 길은 우주에 있는 것도 아니요, 하늘 저편에 있는 것도 아니고 '오직 그것은 내 마음의 실체 속에서 찾는 것이다.' 그것은 곧 마음의 공부이어야 한다. 그 마음의 공부는 선수행 방법의 수련에서 나온다. 즉 진진욱 시인은 언어의 교류에서 그 방법을 터득하였다.

또한 禪의 논리는 서구사상에서 파악할 수도 없는 것은 서구논리는 매우 합리적이고 지속적이기 때문에 그 자체가 어쩔 수 없는 한계로 묶여 삶의 깊은 심연을 넘지 못하므로 선으로

써 해결해 낼 수가 있겠다.

禪은 예술적 직관으로 되는 것도 아니다.

선은 인간의 정서나 감수성으로 느낄 수 없는 세계도 아니고 오로지 '선 수행체험' 에서 오는 '깨달음' 의 체험에서 찾을 수 있겠다.

그 말은 맛있는 물을 마셔보지 않은 사람에게 '그 물맛' 자체를 설명할 수는 없는 것과 마찬가지로 불교시도 일반적으로 불교 경전의 세계를 서술적으로 노래한 불교적 교리의 시와 선수행과정의 여러 체험의 시가 있는데 '깨달음' 그 자체의 시도 구별해야 한다.

서양에서도 다다이스트들이 空사상에 관심을 갖고 활동했는데 이 또한 연구할 필요가 있다.

'심일경성(心一境性)' 은 일경(一境)에 대하여 심소(心所)와 인식주체의 인식대상을 평등하고 올바르게 갖춘다는 뜻인데 실지로는 불교가 성립하기 이전부터도 종교수행 과정에도 있었지만 달마가 중국에 참도한 이후 규봉선사의 〈禪源諸詮集都序〉에 "…참된 성품은 더럽히지 않고 범인과 성인의 차이가 있는 것도 아니다. 禪에는 얕고 깊음이 있어 그 정도의 차이가 있다. 다른 계책을 갖고 올라가기는 좋아하고 내려가기만 싫어하는 것은 외도선(外道禪)이다. 인과법을 바로 믿고 또한 또 올라가기는 좋아하고 내려가기는 싫어하고 닦는 것은 범부선(凡夫禪)이다. 我空만이 진리라고 생각하여 닦는 것은 소승선(小乘禪)이다. 我空과 法空이라 하고, 또 如來 法淨禪이라 하기도 하고, 또 일행삼매(一行三昧)라 하기도 하고, 또 진여삼매(眞如三昧)라 하기도 한다"라 하여 달마문하에서 거듭 전해 온 것이 위와 같은 것이다.

空사상이 물리학에서는 다음과 같이 전한다(鄭光修, 『해동문학』 2013년 가을호 p.188, 각주 참조) 불타는 최초로 말한 것은 죽음에 관한 것이다. 그래서 '불사'(不死)를 말한다.

① 中道 ② 八正道를 가르쳤는데 그게 12연기법이다. 여기서 나타난 것이 '有' 이다.

12緣起를 거꾸로 말하면 인간 존재의 모든 것은 인연에 의하여 성립되고 조건의 변화에 따라 변화하여 無常하고 독립한 존재성이 없기 때문에 空 또는 無我인 것이다.

그런데 초기에는 無我를 입증하지 못하다가 대승불교운동이 일어나기 전부터 空사상이 성립된다.

잇따라 《법화경(法華經)》의 章, 節이 가필되고 수정되면서 '空사상' 이 훌륭하게 실현시킨 經이 '반야경(般若經)' 이다. 색즉시공(色卽時空) 공즉시공(空卽是空)의 문구도 '모든 것이 空이고 부정되어야 한다는 것도' 금강반야경도 空사상의 책이지만 空사상 얘기는 나오지 않는데 후반에 가서 무수한 중생을 열반에 이끌었다는 실로 어떠한 중생이 열반에 이끌리었다 하여도 어떠한 중생도 열반에 들어가지 않았다고 하는 '열반의 부정이야말로 진짜 空의 뜻이다' 라는 더 높은 긍정의 뜻이 있다.

그래서 금강경의 뜻은 여래의 공덕은 공덕이 아니다. 그러니까 큰 공덕이라고 설한다. 그 말은 佛法이 아니다. 그 말은 큰 불법이다.

이와같이 부정의 부정이 전개되는데 나중에는 색즉시공(色卽是空)이 공즉시색(空卽是色)으로 나오는 것은 단순한 말 바꿈이 아니란 거다.

그 말은 소립자가 잇따른 소립자로 변하고 수명이 변하는

10^{-22} 공명입자가 많이 발견된 사실과 같다.

이들 소립자 對 발생이나 소멸이 그러하다.

소립자들의 세계는 항상 소멸이 되풀이되고 생성도 되풀이되는 세계이다.

그러므로 불교적으로 보면 空의 세계인 것이다.

여기서 중요한 것은 거기에는 '무엇 때문' 이라던가. 어떤 목적에 의한 것과는 상관없이 '생명(生命) 같은 것과 상관없이 영원이라는 것과도 상관없이 지금과 같은 空이 나타난다.

법화경(法華經)에도 물리학에도 무상(無常)한 것들에 의해 목적이 없이 만들어지고 소멸하는 것이다.

옛날에는 우주적인 空－옛날에는 소립자를 담는 용기로서 공간과 시간을 생각했는데 뉴톤의 절대시간과 절대공간이 그것이었고 칸트가 말한 아포리아 형식이 그것이었다.

상대성이론 이후 그 容器였던 時容과 속알갱이인 물질과 관계가 있었다.

소립자가 空이라면 소립자에 의하여 만들어지는 원자나 분자도 모두 空인 것이다.

神을 믿는 者들이여
그대들은 위대하다
자신들이 神임을 알라.

－〈신이 따로 없다〉 전문

(3)

진진욱 시인의 《술 취한 달마》－알기 쉬운 불교시 108편을 읽고 詩解를 쓴다.

앞에서 말한 〈부처는 거울이다〉를 읽으면서 '그 옛날 그의 첫 시집 해설을 썼을 때보다 더 큰 불교 스승이 되었구나' 하고 그의 옛날을 생각해 봤다.

진진욱 시인의 11번째 시집 《술 취한 달마》는 쾌히 볼 만하다. 다시금 그의 시 〈부처는 거울이다〉를 낭송하면서 11번째 펴내는 이 시집으로 해탈하였음에 감탄해마지 않는다.

마음에 티끌이 없으니 거울이라
어찌 각각의 모습을 못 보리
그 마음 관찰해 봄이다

천 억의 몸이 거울 하나면 족하니
중생들이여!
의심치 말지어다.

진진욱 제11시집

술 취한 달마

•

지은이 / 진진욱
발행인 / 김재엽
발행처 / 한누리미디어
디자인 / 지선숙

•

121-840, 서울시 마포구 잔다리로 35(서교동) 서운빌딩 2층
전화 / (02)379-4514, 379-4519
Fax / (02)379-4516
E-mail/hannury2003@hanmail.net

•

신고번호 / 제300-2006-61호
등록일 / 1993. 11. 4

•

초판발행일 / 2015년 1월 5일

•

•

값 10,000원

•

•

ISBN 978-89-7969-494-9 03810